El día que invadieron mi planeta

El papel utilizado para la impresión de este libro ha sido fabricado a partir de madera procedente de bosques y plantaciones gestionadas con los más altos estándares ambientales, garantizando una explotación de los recursos sostenible con el medio ambiente y beneficiosa para las personas.

Penguin
Random House
Grupo Editorial

El día que invadieron mi planeta
La guerra narrada desde la mirada mágica de una niña

Primera edición: julio, 2024

D. R. © 2024, Lydia Cacho

D. R. © 2024, derechos de edición mundiales en lengua castellana:
Penguin Random House Grupo Editorial, S. A. de C. V.
Blvd. Miguel de Cervantes Saavedra núm. 301, 1er piso,
colonia Granada, alcaldía Miguel Hidalgo, C. P. 11520,
Ciudad de México

penguinlibros.com

D. R. © 2024, Estelí Meza (@estelimeza), por las ilustraciones de interiores y portada
Penguin Random House / Paola García Moreno, por el diseño de portada e interiores

Penguin Random House Grupo Editorial apoya la protección del *copyright*. El *copyright* estimula la creatividad, defiende la diversidad en el ámbito de las ideas y el conocimiento, promueve la libre expresión y favorece una cultura viva. Gracias por comprar una edición autorizada de este libro y por respetar las leyes del Derecho de Autor y *copyright*. Al hacerlo está respaldando a los autores y permitiendo que PRHGE continúe publicando libros para todos los lectores.

Queda prohibido bajo las sanciones establecidas por las leyes escanear, reproducir total o parcialmente esta obra por cualquier medio o procedimiento así como la distribución de ejemplares mediante alquiler o préstamo público sin previa autorización. Si necesita fotocopiar o escanear algún fragmento de esta obra diríjase a CemPro (Centro Mexicano de Protección y Fomento de los Derechos de Autor, https://cempro.com.mx).

ISBN: 978-607-384-418-5

Impreso en México – *Printed in Mexico*

Esta obra se terminó de imprimir
en el mes de julio de 2024,
en los talleres de Offset Santiago S.A de C.V.,
Ciudad de México.

LYDIA CACHO

El día que invadieron mi planeta

La guerra narrada desde
la mirada mágica de una niña

Ilustrado por Estelí Meza

ALFAGUARA

Cuando era niña descubrí que mi libertad perdía
belleza en la medida en la que la de otras niñas
era inexistente. Es por eso que decidí perseguir
la luz de esa libertad colectiva.
Lydia Cacho

Para Victoria Amelina y Sofía Cheliak.
Para las niñas y niños del mundo.

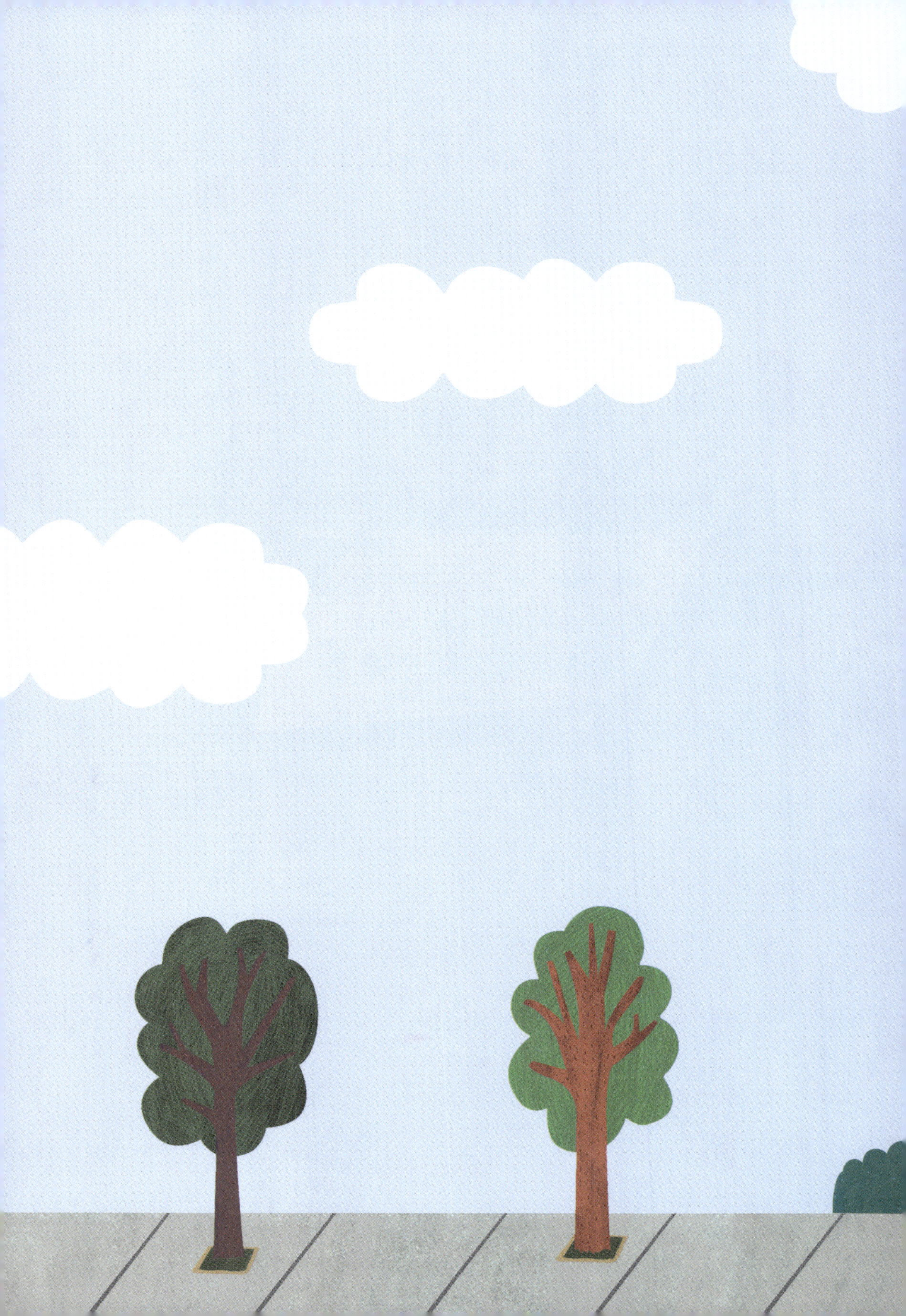

Mi nombre es Sofía, tengo once años y quiero contarles la historia de Ukrai, mi pequeño planeta, donde en los últimos días han sucedido las cosas más insólitas y escalofriantes.

Debo ser sincera, soy una niña superlista, y eso no se le confía a cualquiera, porque a veces, en cuanto los enemigos saben que eres capaz de entenderlo todo y que tienes intuición para distinguir el bien del mal y la verdad de la mentira, envían a los Nubarrones Verdes por ti para que no puedas contar lo que sucede en tu planeta. Yo he aprendido que decir la verdad es cosa de niñas valientes.

Éstas somos Cora y yo. Ella es una perrita que tiene el superpoder de detectar los peligros más grandes y volverse invisible para obtener información secreta. Cora es capaz de saltar hasta diez metros de altura, puede volar sobre los tejados y ama las golosinas de manzana. También ha aprendido a decir algunas palabras humanas, aunque casi siempre nos cuenta historias con ladridos y nos da amor con muchos lengüetazos en las orejas y en los pies.

Y él es Andréi, un primo que vivía al otro lado de nuestro planeta, en un territorio del noroeste llamado Lutsk, pero ahora vive conmigo, con mi mamá Anna y la abuela Babu en la ciudad de Kiev. Cora y yo cuidamos de Andréi porque sus mamás se fueron a trabajar a un planeta lejano en donde ayudan a las personas más pobres, que no tienen alimentos ni agua para beber. Dicen que el agua se está acabando en otros planetas y ellas son científicas que trabajan para que eso cambie.

Anoche jugaba con Andréi en la pared de escalada de mi habitación y subíamos casi hasta tocar el techo, mientras Cora saltaba detrás de nosotros y movía su cola como las aspas de un helicóptero, presumiendo su agilidad. No parábamos de reír con ella.

Allí estábamos escalando las rocas de plástico, imaginando que eran la montaña más alta del Universo, cuando de pronto la tierra comenzó a temblar. Cora ladró y nos hizo bajar de inmediato.

—¿Qué sucede? —preguntó Andréi—. Escucha ese sonido, ¡parece que el planeta ha salido de su órbita!

—¿Será un meteorito? —añadí mientras me colocaba pecho tierra.

Avancé arrastrándome hacia la ventana. Miles de pájaros metálicos volaban por lo aires, el zumbido parecía el de un millón de moscas salvajes. Bajé la mirada y observé a Cora. Ella me miró moviendo la cabeza de un lado al otro y comenzó a elevarse mientras desaparecía.

—¡Cora, espera! ¡Esto parece peligroso! —grité sin ser escuchada.

Andréi se acercó a mí. Teníamos miedo y nos tomamos de la mano. Entonces un sonido aún más ensordecedor invadió nuestro planeta.

Después de un rato, la puerta se abrió momentáneamente y supe que era Cora. Al entrar, noté que sus ojos eran enormes, luminosos, como cuando quieres decir algo pero no puedes ni siquiera hablar.

—Cora, ¿qué has visto allá afuera? —pregunté, pero no obtuve respuesta, al menos no con palabras.

La perrita sólo abrió los ojos cada vez más grandes hasta que fueron casi tan inmensos como pantallas. Entonces comprendimos que algo verdaderamente extraordinario estaba sucediendo.

Andréi y yo nos tiramos en el piso para mirar todo lo que habían grabado sus ojos. Parecía un videojuego.

En las pupilas cristalinas de Cora se veían pasar doscientos caballos gigantes con patas metálicas y cascos plateados de afilados picos. Trotaban y trotaban cada vez con más fuerza. La tierra temblaba a su paso, las casas comenzaban a derrumbarse, columnas de humo salían de aquí y de allá, la gente huía de sus hogares a toda prisa. Los Nubarrones Verdes montaban aquellos caballos e iban armados, otros se desplazaban arriba de unas orugas metálicas con mil ruedas pequeñas.

Un pájaro plateado con patas de araña y un ojo gigante sobrevolaba el callejón en el que estaban las oficinas del rey del planeta. Dio un giro repentino y disparó fuego desde el aire.

—Parecen dragones —dijo Andréi, asustado—. ¿Acaso esto es real?

Cora asintió.

—No es posible, en este planeta no hay dragones ni guerras —respondí, como si estuviera segura de ello.

—Entonces, ¿qué son? —insistió Andréi, mirando a Cora.

No teníamos la respuesta.

Cora puso su patita sobre la mano de Andréi y ladró para que siguiéramos observando lo que sus ojos habían filmado: el pájaro metálico ahora lanzaba de su barriga lo que parecía un montón de bebés pajarracos; el cielo se estaba poniendo gris, rojo y naranja, como cuando hay un incendio a lo lejos. Había humo y un torbellino de polvo salía de las casas destruidas, parecía que el cielo se hubiese derrumbado y las nubes se hubiesen desplomado sobre el planeta. Como en un videojuego, pero esto era real.

Los bebés pajarracos cayeron en la casa del abuelo Nikolai y una gran explosión despareció su hogar. Volaron las puertas, las sillas, los cubiertos, el mantel, un pastel de papas... todo estaba suspendido en el aire. El bastón y la gorra de lana del abuelo planeaban lentamente como buscando dónde posarse.

De pronto, en la habitación apareció la abuela Babu. Llevaba una mochila enorme cargada de cosas. Se había puesto unos jeans, sus botas de escalar, una bufanda roja y un gorro que tenía bordada una cruz blanca.

—Vamos, vamos, no hay tiempo que perder —indicó Babu.

—¿Vamos a buscar a mamá Anna? —pregunté al recordar que tenía doble turno en el hospital, porque es la mejor médica de Ukrai. Pero Babu no respondió.

—¿Qué sucede? ¿De dónde han salido estos dragones y caballos gigantes? —preguntó Andréi.

—Y esos pájaros enormes, ¿qué son? —agregué casi llorando.

—No hay tiempo que perder. Han invadido nuestro planeta —dijo Babu como si fuese algo normal—. Otra vez se lo quieren robar. Apresúrense.

—¿A dónde vamos si ya lo han invadido? —pregunté, consciente de que sería ignorada, porque cuando las personas adultas tienen miedo no responden a nuestras preguntas.

—No, Babu, no podemos irnos, hoy llegarán a casa mis mamás. ¡Por favor! —suplicó Andréi casi llorando—. ¡No sabrán cómo buscarnos!

Babu nos tomó de la mano a los dos, todo sucedía muy de prisa. Sin mirar a Andréi, le respondió:

—Mamá Galya y mamá Victoria sabrán encontrarnos, ya lo verás.

En un instante tomamos algunas cosas importantes y los cuatro salimos corriendo de inmediato. Cora comenzó a levantar el vuelo para advertirnos por dónde debíamos ir.

Las casas estaban destruidas. Pensé que entre los escombros seguramente habría chicas como yo, niños como Andréi. ¿Cómo podría ayudarles si tan sólo soy una niña?

De pronto, el mundo se volvió blanco y negro.

Sentí ansiedad, era como si mi estómago supiese que íbamos hacia el peligro, como si tuviese un sapo en la barriga que saltara sin parar; mi corazón latía muy rápido y mis manos estaban sudorosas.

Yo podía oler el miedo en Babu y en Andréi también. El miedo huele a pólvora, a fruta podrida, a ratones muertos.

Respiré profundamente, aire adentro: uno, dos, tres, cuatro, cinco: aire afuera. Cuando respiro así puedo pensar mejor porque el miedo se hace un poco más pequeño dentro de mí.

Por mi mente cruzó la idea de que aunque llevara mi tablet, si nos quedábamos sin energía necesitaría papel para escribir todo lo que sucedía, por eso también llevé conmigo una libreta y una pluma. No quiero que nada se me olvide.

En las calles la gente corría y mi planeta sonaba como un cuenco vacío bajo sus pies. Nosotros corríamos también. ¡Brum, brum, brum! Se escuchaba como si un volcán fuese a salir del corazón de la tierra. De pronto, Cora bajó volando hasta posarse en mis hombros. Corría con ella y sentí que era la guardiana de mi cabeza y mi corazón.

Uno, dos, tres, cuatro, cinco, respiraba mientras corríamos al lado de Babu.

Llegamos a la estación del metro y bajamos las escaleras a toda prisa. Babu dijo que ahora eso era un búnker de seguridad. *Búnker* es una palabra especial para nombrar un refugio antiaéreo cuando caen bombas en una ciudad.

Me quedé inmóvil cuando vi a muchas personas amontonadas en las escaleras y el pasillo, algunas llevaban cobijas y carriolas, incluso algún colchón. Descubrí a la gente gris, con la ropa llena de polvo y manchas rojas. Algunas se llevaban las manos a la cabeza, otras estaban allí paralizadas, como quien no comprende nada de lo que ha sucedido. Todos miraban sus teléfonos y enviaban mensajes de ayuda. Entonces me di cuenta de que la mayoría era muy joven.

Yo sólo había visto la guerra en videojuegos: unos y otros disparan, pero al final apagas la consola y todos siguen vivos porque es de mentiras; pero en la guerra de verdad no puedes apagar la pantalla ni revivir. No me gusta esta realidad.

Babu se acercó a una mujer que cargaba a un bebé. La mujer tenía los ojos verdes y parecían un lago porque estaban llenos de lágrimas atrapadas; estaba pidiendo ayuda, así que Babu fue al rescate.

Me acerqué a ellas. La mujer de los ojos verdes olía a tierra mojada, tenía una mancha de sangre en la cabeza, pero lo único que le importaba era su bebé.

Babu cogió al bebé, le revisó la boca, le dio agua y un poco de papilla, entonces me pidió que lo cargase. Yo jamás había cargado a un bebé. Cora comenzó a lamerlo y poco a poco dejó de verse gris, el polvo desapareció y ahora tenía las mejillas rojas como unas manzanas pequeñas. Era un bebé hermoso.

Abrió los ojos y me sonrió.

Cora seguía lamiéndole las manitas y ahora el bebé reía. Su risa retumbaba en las paredes del búnker, parecía ser la única alegría en el planeta. A veces la risa de los bebés hace que la gente se olvide del miedo.

"Jajaja", retumbaba la risita en los muros y en el techo del búnker.

—¡Mi bebé está bien! —exclamó la mujer, a quien Babu ya le había sanado la herida de la cabeza.

—¿Qué es ese extraño ruido? —gritó desde el otro lado un Señor Gruñón vestido de gris, mientras se ponía las manos en la cabeza—. ¿Quién se atreve a reír ahora?

—¡Es un bebé, señor...! —respondí gritando.

Entonces Cora corrió a lamerle las manos al Señor Gruñón, pero como seguía gruñendo, ella subió a sus hombros, comenzó a lamerle las orejas y él no pudo resistirse, las cosquillas lo vencieron, empezó a reír también. El bebé reía, el Señor Gruñón reía y por un momento todos reímos en el búnker.

En medio de la guerra la gente se ríe porque de pronto descubre que está viva, y eso es muy importante. La guerra se trata de que unos poderosos pelean con otros poderosos, y para ganar la batalla matan a gente inocente. Todas las guerras son malas y peligrosas. A mí me gustaría desaparecer las armas de todo el Universo.

Babu dijo que está bien reír y abrazar a los demás si tienes miedo, en especial cuando han invadido tu planeta. Yo nunca había vivido nada parecido, pero Babu sí. Ella nos contó muchas veces que, cuando era niña, sobrevivió a una guerra. Babu sabe muchas cosas sobre historia, los planetas y las emociones. Es una abuela sabia; además, es doctora como mi mamá.

Babu estaba curando una herida en el brazo del Señor Gruñón cuando algunas mujeres se acercaron y vieron que ella tenía medicinas.

—¡Ohhh, qué suerte tenemos! —exclamó una señora de melena despeinada que estaba cubierta de polvo—. Hay una médica en el búnker.

Yo nunca la había visto curar a nadie más que a mí, cuando me caía de la bicicleta. La abuela es muy fuerte, inteligente y dulce, creo que es invencible. Si te abraza, la Babu huele a pastel de chocolate.

Entonces otras mujeres dijeron que podían ayudar y comenzaron a atender a los heridos mientras mi Babu les decía lo que debían hacer.

Por un momento todo pareció estar en paz en el centro del planeta. Las personas, que antes habían quedado paralizadas por el miedo, ahora comenzaban a moverse. En cuanto decidieron ayudarse unas a otras, empezaron a mirarse a los ojos. Es como si hubiesen descubierto que no estaban solas con sus miedos.

Los vagones del tren estaban parados, así que la gente comenzó a entrar en ellos para descansar.

Hacía un rato que lo único que compartíamos era el silencio. Ahora las personas hablaban bajito y unas preguntaban a otras "¿Estás bien?, ¿estás bien?". Yo descubrí que el miedo se quita un poco cuando todos se ayudan y se protegen mutuamente. No importa si estás en una situación peligrosa o no tan peligrosa, siempre hay que preguntar a quienes están contigo si se sienten bien o si necesitan ayuda, porque entonces se detienen a pensar y a sentir su corazón para responder con la verdad.

Pienso que expresar los sentimientos es cosa de valientes. Todos los sentimientos son importantes... Voy a apuntarlo en mi cuaderno de la invasión del planeta. *Todos los sentimientos son importantes.*

De repente, volteé a mi alrededor y descubrí que Cora había desaparecido. Comenzamos a buscarla y mi corazón quería escaparse del pecho. Deseaba salir del búnker, pero parecía imposible, pues las escaleras estaban llenas y la gente seguía entrando, bajaba rápidamente porque afuera en las calles otra vez caían bombas.

—Quítate, niña, que están cayendo misiles y la gente debe entrar —me dijo un chico que venía cargando a un niño con la cabeza vendada.

—¡Cora, Cora! —grité en medio de la gente que pasaba a mi lado.

De pronto, escuché un ladrido. Cora descendía entre la multitud. Detrás de ella venían perros y gatos de muchos colores y tamaños. La gente comenzó a abrirles paso, los miraban y algunos sonreían.

—¡Mira, Sofía! Los perros y gatos no saben qué es la guerra. No matan por matar —dijo Andréi, acariciando a un gatito que lo miraba dulcemente.

Las niñas y niños comenzaron a acariciar a los animales. Una anciana que temblaba de miedo miró asombrada a un gato inmenso y gordo que parecía un hermoso tigre. El gato se recostó sobre sus rodillas y lameteó sus manos para reconfortarla. Ella sonrió. Nos dimos cuenta de que no tenía dientes, pero aun así sonreía.

A veces, en la guerra, las personas salen de casa sin sus dientes, sin calcetines ni zapatos. Pero sus gatos y sus perros siempre van a buscarlos.

De pronto, la abuela Babu tocó mi cabeza, tiró de Andréi para ponerlo a mi lado y dijo muy seria:

—Andréi, tu mamá Victoria acaba de enviarme un mensaje, lograron llegar a la ciudad en el último tren a Kiev. En cuanto volvamos a tener señal, les diré dónde encontrarnos.

Andréi apretó mi mano lleno de emoción. En la guerra lo único que quieres es estar con tu mamá y con la gente que te ama.

—Mientras tanto, debo ir a buscar material de curación —comentó Babu—. Tienen que quedarse aquí; no importa el tiempo que tarde, no salgan.

—No, Babu —respondí indignada y a punto de llorar—. Yo iré contigo.

—Obedece, Sofía. Estamos en guerra, y cuando hay guerra las niñas deben comportarse como adultas, ¿entiendes?

—Sí, comprendo, Babu —mentí, porque soy una niña y no estoy preparada para ser adulta.

Me senté en un rincón de la escalera abrazando a Cora y a Andréi.

—No entiendo nada —reconocí frente a mi primo—. Si alguien invadió nuestro planeta, ¿por qué es una guerra?, ¿qué son los misiles?

—Los misiles son armas de destrucción muy poderosas —indicó Andréi—. El maestro de Historia nos explicó que antes, cuando aún no habíamos nacido y nuestro mundo era esclavo del gran planeta Moscovic, el líder tirano Brutus Robaplanetas ordenó que aquí se fabricaran armas nucleares para aniquilar a miles de personas y causar miedo en los planetas pequeños. En 1994 Ukrai firmó un tratado con Moscovic para recuperar nuestra libertad.

—¿Y cómo lo lograron si Brutus es un tirano y mamá dice que los tiranos mienten y no escuchan a nadie? —pregunté.

—No fue fácil —respondió Andréi—. Brutus dijo: "Si quieren su libertad, deben entregarme mil ochocientas armas nucleares para que yo pueda tener más poder militar que los gobernantes de otros planetas". Los habitantes de Ukrai le dieron las armas a cambio de libertad, de independencia. Pero después Brutus siguió obsesionado con adueñarse de todos los planetas pequeños, porque cada uno de ellos posee cinco grandes tesoros.

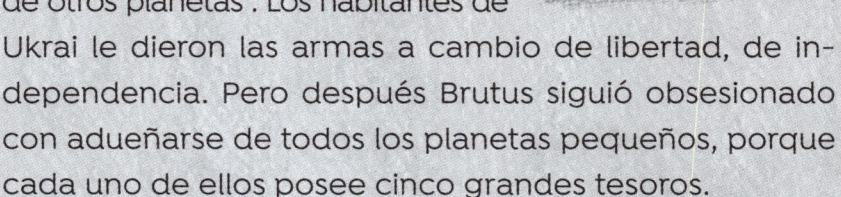

El Señor Gruñón nos escuchaba con atención. Se acercó a mí. Estaba gris de nuevo. Miré a mi alrededor, solamente mi primo, Cora, el bebé que reía y yo teníamos color. Se arrodilló frente a nosotros fumando un asqueroso cigarro y habló en voz muy baja:

—Mira, niña, en 2014, cuando apenas eras una bebé, unos hombres que llevaban cascos de soldado invadieron una parte de nuestro planeta llamada Crimei y mataron a mucha gente.

"Los líderes de otros planetas cuestionaron a Brutus. Le preguntaron por qué había enviado a sus tropas a invadir y a matar a personas que antes eran como sus hermanas. Brutus respondió que él desconocía de dónde habían salido esos Nubarrones Verdes, que no eran suyos, que seguro eran de Ukrai y estaban disfrazados de soldados moscovicis para echarle a él la culpa de los ataques.

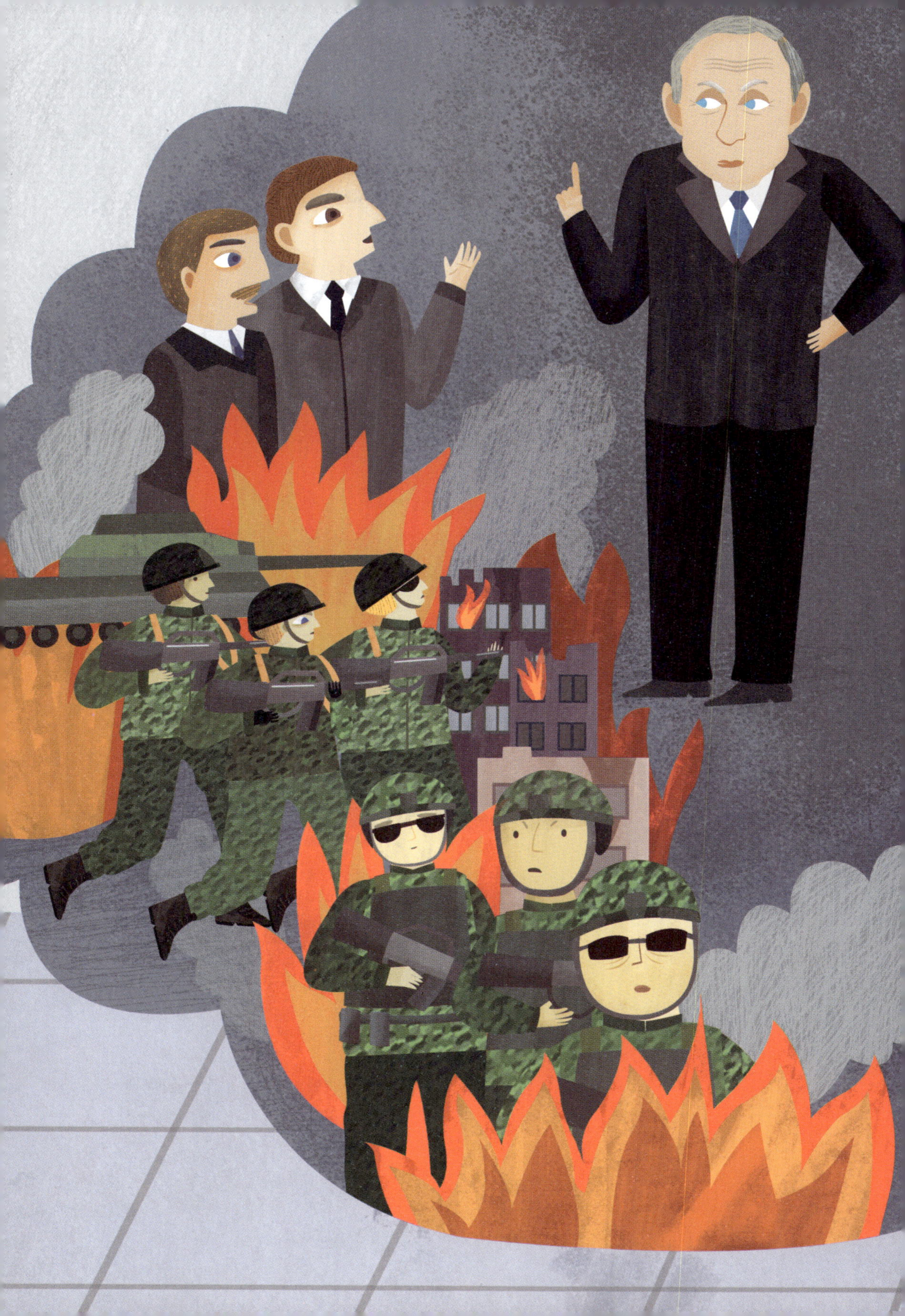

—Es como cuando haces una travesura, y si la maestra pregunta quién fue, tú dices mentiras para culpar a otros —mencioné.

—Así es —respondió el Señor Gruñón—. Pero resulta que los soldados que habían ido a Crimei a matar gente en su tiempo libre usaban una red social llamada Kontakte, que sólo utilizaban los ciudadanos de Moscovic, así que muy pronto se demostró que Brutus había mentido. Lo que quería era provocar un conflicto para iniciar una guerra.

—No entiendo —admitió Andréi—. ¿Eran soldados de Brutus que se hacían pasar por soldados nuestros? ¿Por qué? ¿Para qué?

—Mira, niño, para hacer la guerra los reyes y los tiranos inventan muchas mentiras. Los más poderosos necesitan crear una provocación para poder disparar y tirar bombas. Lo que pasó es que, aunque Brutus negó que fueran sus soldados, la verdad se descubrió porque nada se borra de las redes sociales, y allí toda la gente pudo ver las *stories* en las que los soldados aparecían con Brutus y sus familias en Moscovic. Así fue como se supo que habían fabricado una mentira.

—¡Aaah, es como cuando un *bully* viene a pegarte y luego grita que tú comenzaste la pelea! —exclamé.

—Así es, Sofía. Los que hacen la guerra son *bullies* superpoderosos que intentan desestabilizar a nuestro planeta y hacerle creer a la gente que los ciudadanos de Ukrai se están matando entre ellos. Aunque en algún momento se supo que era mentira, ya era demasiado tarde, la guerra había comenzado.

—Mi bisabuelo cuenta que muchos amigos suyos que estaban acostumbrados a vivir bajo el dominio de Moscovic dijeron que era mejor rendirse y volver a ser moscovicis. Pero el bis dice que fue muy difícil obtener nuestra independencia y hacer una democracia —añadí.

—¡Esto es como un videojuego! ¿Por qué mentía el tirano Brutus? —preguntó Andréi.

—Porque quiere robar nuestros cinco tesoros, y para lograrlo debe convencer a los líderes del Universo de que no sabemos comportarnos, por ello es mejor que volvamos a ser sus esclavos. Ha dicho que nuestro presidente planetario es un payaso —respondió el Señor Gruñón.

—¿Y qué si fuera un payaso? ¿Por esa razón pueden invadirnos? —preguntó Andréi asombrado—. La verdad es que por todo lo que escucho en las noticias parece que muchos líderes de otros planetas son payasos y hasta tienen circos con animales muy bobos y divertidos.

—¿Y por qué quieren invadirnos si somos más pequeños? —cuestioné yo—. Moscovic es el planeta más grande del Universo, tiene diecisiete millones de kilómetros a la redonda, y Ukrai es pequeñito, tiene solamente seiscientos tres mil kilómetros. Babu me explicó que Moscovic es treinta veces más grande que Ukrai.

Entonces el Señor Gruñón siguió hablando:

—Muchos tiranos quieren dominar el Universo. Les gustan las armas y aman el poder. Ellos necesitan la guerra para decirles a otros tiranos: "Mira, yo puedo invadir y robar todo lo que quiera. Voy coleccionando territorios para que la gente se comporte como yo deseo, para que me obedezca y mi reino crezca cada vez más". Brutus les dijo a los líderes de otros planetas que la gente de Ukrai era muy tonta y no podía ni sabía vivir en libertad, que por esta razón él debía controlar su forma de pensar y de vivir.

—Pero ¿qué tenemos en nuestro planeta que no tenga ese tal Brutus? —pregunté.

—Ay, Sofía, se trata de los cinco tesoros. Ukrai tiene los trigales más grandes del Universo —mencionó el Señor Gruñón—. Cuando mi madre era pequeña trabajaba con su padre en los sembradíos de trigo que eran tan, pero tan grandes, que había navegantes que confundían nuestro territorio con el mismo sol dorado. El trigo es ese cereal con el que hacemos *piroshki*, los deliciosos panecillos de harina de papa y huevo. Cada año cosechábamos tanto trigo que el sobrante lo intercambiábamos con otros planetas. Es tan valioso como el oro y muchos quieren robárselo. También en el centro de Ukrai producimos gas natural, somos el segundo planeta de todo el Universo con reservas de este gas, que nos sirve para calentar el agua, cocinar alimentos y muchas cosas más.

—¿Entonces nos invadieron para robarse el trigo y el gas? ¿Por qué no los compraron? —preguntó Andréi—. Si son tesoros que se pueden compartir.

—¿Cuáles son los otros tesoros de Ukrai que Brutus quiere robarse? —pregunté con mi libreta en mano para escribirlo todo.

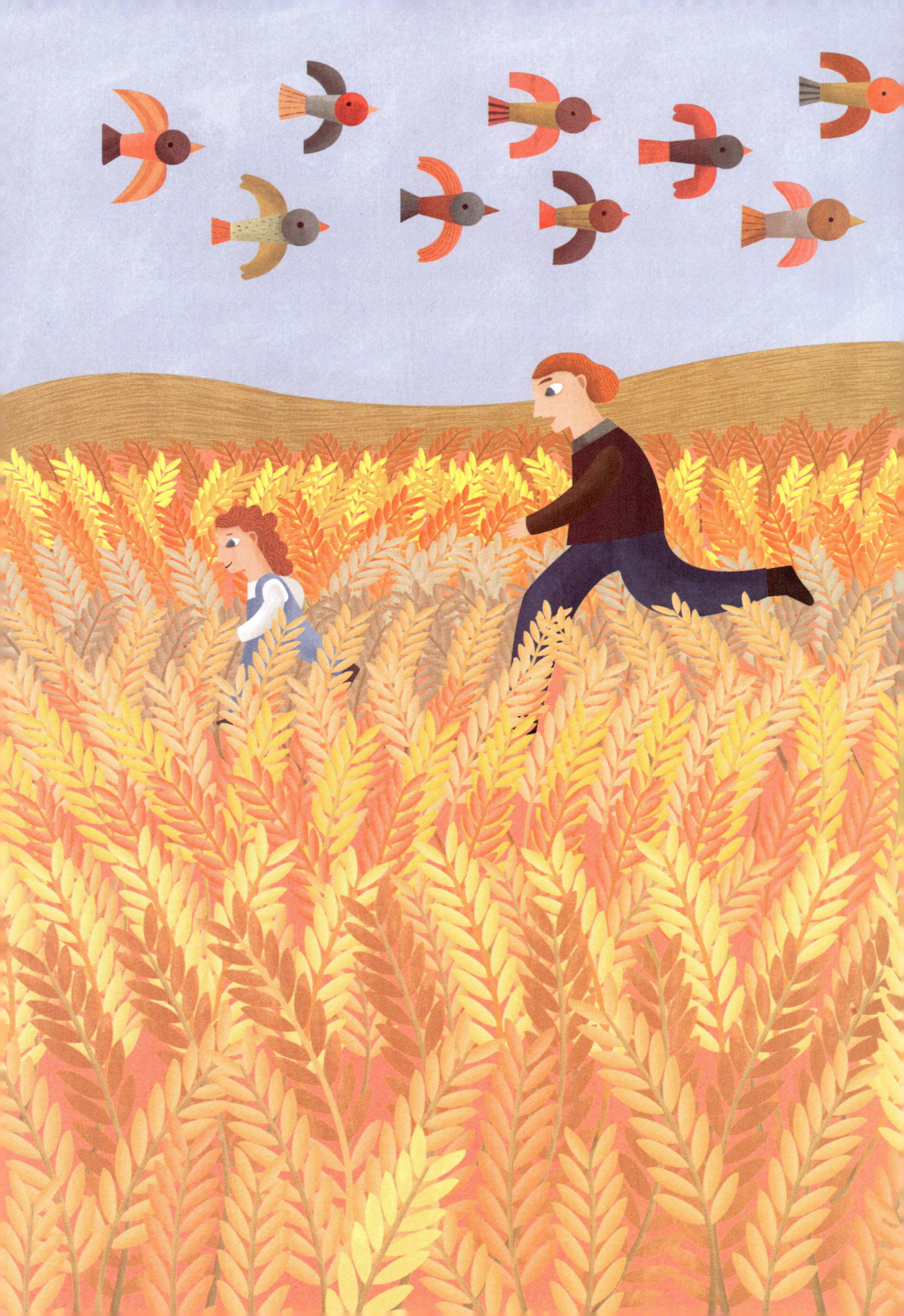

Un joven de pelo largo que tenía una guitarra y la bandera de nuestro planeta estaba a nuestro lado escuchando, y respondió:

—Los tesoros de Ukrai son: uno, el trigo, somos el planeta más fértil del Universo a pesar del cambio climático; dos, el gas; tres, el hierro; cuatro, el grafito, y cinco, el uranio, pues somos el noveno planeta más rico en este elemento. El uranio se utiliza como combustible en las plantas de energía nuclear y para proteger a los aviones de la radiación; también sirve para que las balas sean más poderosas y para blindar coches y tanques de guerra.

—¡Vaya! —interrumpió el Señor Gruñón—. Hasta que un joven dice lo correcto. El uranio es más duro que el acero, sirve para hacer armas poderosísimas, pero también, como ha dicho el chico, para que las plantas de energía nuclear puedan suplir el petróleo. Cuando ustedes sean mayores necesitarán eso que llaman "energías limpias". Y quien las controle tendrá mucho poder.

—¿O sea que la energía nuclear puede salvar a mi generación en el futuro? —pregunté asombrada—. Me da miedo la crisis climática. Cuando sea grande, sólo voy a usar energía solar y a reciclar todo.

—Así es, Sofía —dijo el Señor Gruñón, que ahora tenía color en el rostro y las manos—. Las guerras las hacen para robar lo mejor de los planetas. Por eso es tan importante que ustedes aprendan a vivir sin robar y sin hacer la guerra. Porque los tiranos como Brutus son como los bullies, ellos no piden permiso, simplemente atacan. Yo, por ejemplo, vivía en paz, trabajaba al otro lado del planeta, en un lugar llamado Rocket City, pero un día también decidieron atacarnos a nosotros y así mataron a mi esposa...

—¡Ése es el territorio prohibido! —exclamé asombrada—. El lugar más secreto de Ukrai.

—¡Guau! Rocket City es la fábrica de armas más grande de la región. La llamaban "la ciudad industrial más grande de todas". Desde ahí los moscovicis lanzaban cohetes espaciales. Lo vi en un documental —recordó Andréi.

—Cierto, y está prohibido entrar porque ahí tenemos una enorme central nuclear. Desde hace mucho tiempo, en ese lugar se fabrican las bombas más poderosas del Universo, los misiles más grandes y destructivos; además, también tiene una base espacial. Mi padre trabajaba allí, y mi hermano, en otra planta nuclear llamada Chernóbil. Ellos, los poderosos —comentó bajando la voz—, quieren tener más armas para acumular más poder.

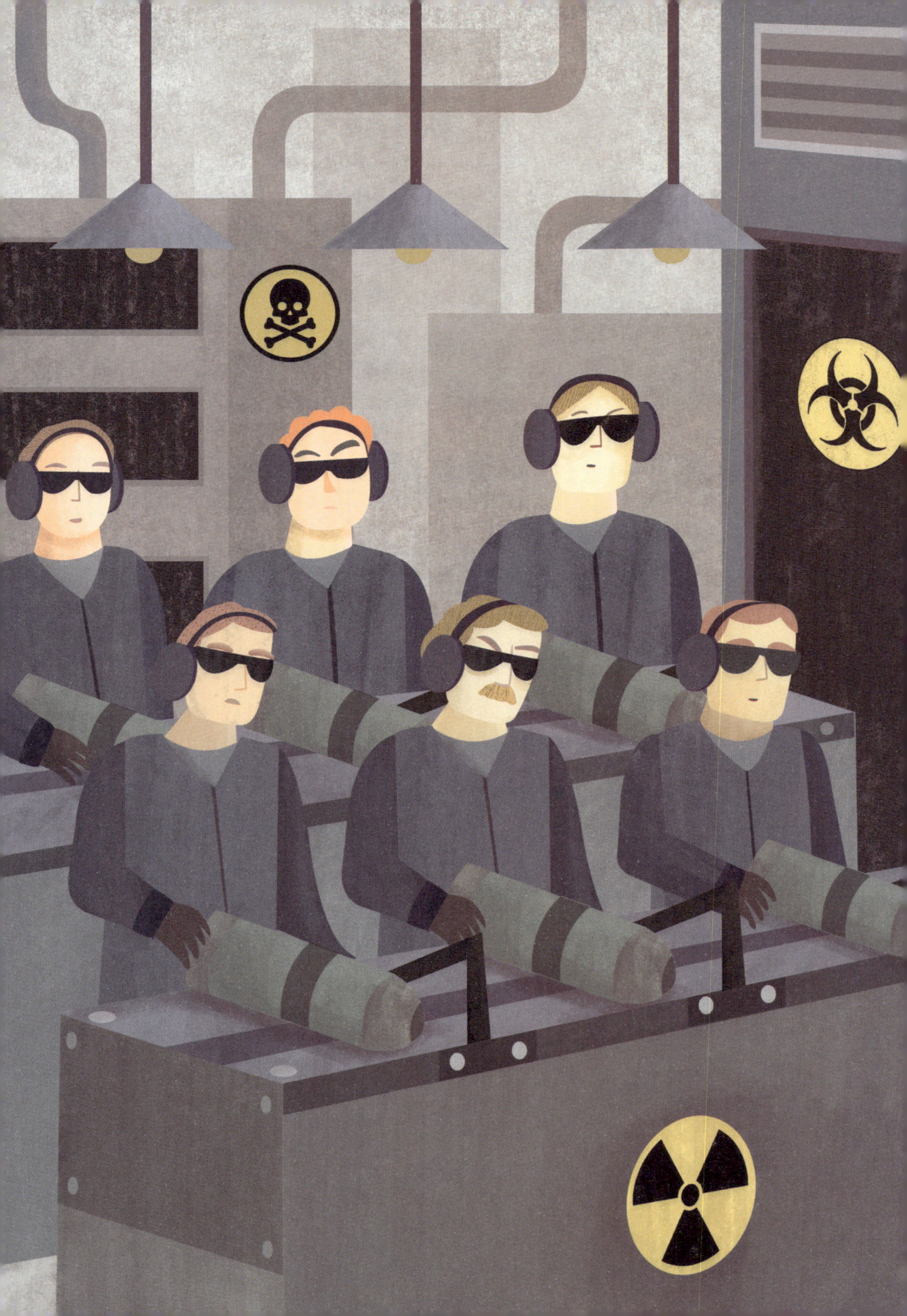

—¿Entonces ustedes los humanos quieren tener armas para matar, pero no quieren que los maten? ¿Y por eso matan a otros humanos? Esto no tiene sentido. Definitivamente prefiero ser perrita —dijo Cora hablando como nosotros.

—Aún no entiendo nada —reconoció Andréi, ya desesperado, mientras Cora movía la cabeza y nos miraba con curiosidad—. Si usan bombas atómicas, todas las personas, todos los animales y todas las plantas se van a morir. ¿De qué te sirve el poder si no tienes un planeta para vivir y gobernar? ¿Son tontos?

—Es que las bombas nucleares son el miedo del mundo humano —dijo Cora—. Y los tiranos quieren vivir asustándonos todo el tiempo.

—¿Pero por qué los otros líderes no hacen nada para detener a Brutus? —pregunté—. Tal vez sea porque otros tiranos también quieren nuestro trigo y todas esas armas nucleares que tú y tu padre fabricaron, ¿no es así?

El hombre se quedó pensando y asintió. Luego nos explicó que cada planeta tiene un ejército de Faker Bots, que son robots que se dedican a contar su versión de la guerra, a inventar historias falsas para confundir a la gente. Los Faker Bots reproducen algoritmos creados por los tiranos. Trabajan para ellos haciendo que toda la gente vea las mismas noticias falsas y termine creyendo que son reales porque están en todas partes. Así inventan la historia de su guerra y confunden a todo el mundo.

De pronto, se me ocurrió cuestionar al Señor Gruñón:

—¿Y tú fabricaste las armas con las que el grupo militar de élite de Moscovic destruyó tu casa y mató a tu esposa? —pregunté mirándolo a los ojos.

—¡Sofía! ¿Qué dices? No, no, no. Yo sólo soy un obrero de la planta de armas, yo no le di las armas al Ejército Rojo. Yo sólo hago mi trabajo. Yo... sólo soy un Señor Gruñón.

El hombre nos miró asustado y triste. Comenzó a volverse gris de nuevo. Movía la cabeza mirando al suelo y repetía en voz baja: "Soy un Señor Gruñón que obedece".

—No lo sé, no lo sé, niños. Los adultos están locos —se levantó y se fue lentamente a la otra orilla del búnker.

—Y yo que pensé que por fin un adulto nos explicaría quién tiene la culpa de la invasión —le dije a Cora, que me miraba silenciosa.

De pronto, unas personas vestidas con uniformes que decían World Central Kitchen entraron en el búnker.

Traían cajas con comida. La gente respiró, y por un momento parecía que sentían felicidad. Todos se pusieron en fila y algunos sonreían mientras recibían comida deliciosa y calientita. También debo apuntar en mi libreta que cuando hay guerras la gente buena ayuda a quienes lo necesitan.

Yo esperaba ver a Babu entrar con ellos. Pero no apareció y tuve un mal presentimiento. Miré a Cora y a Andréi. Entonces salimos a la superficie a toda prisa para buscarla antes de que fuese más noche y no pudiésemos ver nada.

Cora volaba y nos guiaba arrojando luz con sus ojos.

Ya no había nubes de polvo, y pudimos ver que casi todos los edificios estaban derrumbados.

En ese momento entendí lo que significa la palabra *desolación*. Es como cuando se apaga el sol y ya no hay luz para ver las cosas bellas de la vida. En la desolación extrañas a la gente que amas.

Caminábamos mientras llamábamos a Babu. La llamamos y la llamamos, pero no había nadie en las calles, sólo ruedas de bicicletas, coches quemados, casas sin puertas ni ventanas, agujeros en edificios vacíos que parecían mirarnos con susto.

—¡Babu, Babu! —gritábamos, y Cora ladraba para buscarla por los rincones.

De pronto, apareció Anna, mi madre. Estaba sola en medio de la calle repleta de escombros. Su trenza de pelo rubio larguísimo estaba un poco despeinada y llevaba un traje azul como el cielo, brillaba como una estrella. No podía hablar, solamente levantaba los brazos mientras corría hacia mí como si quisiera volar. Me abrazó, cargándome, y las dos lloramos de felicidad.

—Mamá, mamita, has vuelto y estás bien —expresé más que feliz de verla.

Me bajó de sus brazos, me tomó de la mano y yo sujeté a Andréi con la otra. Cora se metió entre nosotras mientras miraba a mamá Anna fijamente y movía la cola intentando reconfortarla, pero ella no podía animarse, estaba triste. Algo estaba mal.

Caminamos hasta llegar al hospital central, donde mi mamá y la abuela Babu trabajaban. Pero ya no había hospital, sólo piedras y ropa, unos zapatos por aquí, una silla de ruedas por allá.

Entonces sentí que llovía dentro de mi corazón.

Andréi corrió al ver uno de esos pájaros metálicos en el suelo. Yo miré a mamá y le pregunté dónde se encontraba Babu.

—Babu ya no está —respondió mirando los escombros del hospital—. Entró para salvar a unos bebés cuando cayó el último misil dirigido y derrumbó todo el edificio.

—¿Estás segura de que ha muerto? Vamos, mamá, tal vez te equivocaste —dije muy enojada y confundida.

—Sí, mi niña, estoy segura. Al menos pude despedirme de ella antes de que se la llevaran en la ambulancia; me dijo que te amaba. Recuerda siempre que mi mamá, tu Babu, murió para salvar a otros. Vivió como ella quería, fue una gran mujer, siempre valiente y amorosa.

En ese momento, mis manos se volvieron grises porque ya jamás tendrían a Babu para acariciarla. Mi corazón se convirtió en piedra por un instante. Estaba tan enojada que ni siquiera podía llorar.

Mamá se dio cuenta de mi tristeza y se agachó para abrazarnos a Andréi y a mí. De pronto, Cora comenzó a ladrar y se elevó a toda velocidad. La miramos preguntándonos a dónde iba.

Entonces por la esquina de un edificio bombardeado salieron corriendo las mamás de Andréi, Galya y Victoria. Venían siguiendo a Cora, quien ladraba y volaba para guiarlas hacia nosotros. Andréi no podía hablar de tanta emoción, sólo corrió hacia ellas y las dos lo abrazaron con todo el amor del mundo.

—Babu logró decirles que estaríamos juntos, ¿verdad? —dijo Andréi, emocionado. Sus mamás lo abrazaban y sonreían.

Mientras tanto, Cora buscaba algún recuerdo de Babu entre los escombros. Me trajo una bufanda roja como la que ella llevaba al cuello. En la cercanía solamente sobresalían una cuna blanca vacía y una lámpara rota.

—No sé cómo ser una persona adulta, tan sólo tengo once años —comenté en voz alta mirando la bufanda de Babu.

—Eres una niña, no debes pensar en ser adulta todavía, Sofía —expresó mamá.

—Babu dijo que en la guerra las niñas deben madurar —respondí desconcertada.

—Es verdad —reconoció mamá—, pero las personas adultas somos quienes debemos cuidarlos a ustedes y detener la guerra. Las niñas y niños no merecen un mundo violento.

De pronto, la voz de Andréi, que gritaba mi nombre, me hizo voltear a otro lado mientras las tres mamás se abrazaban.

—¡Mira, Sofía! Es un dron, como esos que dirigen misiles de alta precisión, pero con forma de pájaro.

Me acerqué y lo observamos detenidamente. Andréi lo levantó un poco. Estaba roto.

—¿Qué dice allí? —pregunté señalando una pequeña estrella y unas letras grabadas con un número.

—"Producto orgullosamente fabricado en Ukrai en 2014. Propiedad de la Armada de Moscovic" —leyó Andréi.

—No entiendo —dije justo en el momento en que nuestras mamás se acercaron para pedirnos que no tocásemos aquel artefacto.

—Mamá, ¿qué pasará ahora? —preguntó Andréi.

Galya tomó su mano, se agachó para mirarnos a los ojos y nos explicó que todos los líderes de los planetas cercanos y lejanos ya sabían de la invasión y la guerra.

Que harían todo lo posible por intentar detenerla y hacer la paz.

—¡Ya sé! —dijo Andréi—. Tengo una idea genial: escribamos una carta en todos los idiomas del Universo para decirles a los adultos que exigimos que ya no fabriquen armas, que la guerra es injusta y que no queremos que jueguen más con nuestras vidas.

—¡Es una gran idea! —respondí emocionada.

Nos fuimos todos abrazados hacia el búnker mientras Cora nos guiaba. Por un momento me sentí segura en medio de la guerra.

A los líderes de todos los planetas:

Nosotros, niñas y niños del planeta Ukrai, hemos hablado con niñas y niños de otros planetas, incluido Moscovic, y todos hemos llegado a una conclusión muy importante: queremos que dejen de hacer guerras, que cultiven su inteligencia y no su odio hacia otros pueblos, personas y razas.

Ustedes deberían pensar muy bien en lo que hacen. En este momento hay miles de familias que están llorando porque sus misiles, sus granadas y sus soldados asesinaron a niñas y niños, a gente joven que tenía muchos sueños. La niñez se está quedando sin papás y sin mamás por su culpa.

¿Acaso no entienden que cuando una persona se muere ya nunca más puedes volver a abrazarla?

¿Por qué si son líderes no aprenden a negociar para solucionar sus conflictos? Nosotros lo hacemos todo el tiempo, si nos equivocamos pedimos perdón y al día siguiente somos amigos otra vez.

Queremos decirles que no está bien robar las cosas, los tesoros de los otros. Es mejor que hagan acuerdos y compren lo que necesitan. Ustedes deberían respetar las leyes porque son la autoridad; si no las respetan, no son buenos gobernantes.

Sabemos que ustedes son adultos y nosotros no, pero pensamos que a veces no usan su inteligencia ni su corazón; todas las guerras tienen un principio y un final, y como es así, pues mejor que no tengan principio.

Queremos que dejen de producir armas y que mejor utilicen su conocimiento para crear formas de salvar al planeta. También deben recordar que los niños sabemos que a los tiranos no los quiere nadie.

Nosotros hemos visto que, cuando sus soldados asesinan a gente inocente, algunos niños hacen crecer en su corazón el deseo de vengarse de quienes mataron a sus familias cuando ellos sean mayores, por eso les decimos que sus guerras siembran odio y provocan que algunas víctimas quieran matar en lugar de convertirse en buenas personas.

Las niñas y niños merecemos vivir en un mundo sin miedo, donde nadie nos asesine, destruya nuestras casas o mate a nuestras abuelitas. Tampoco queremos que maten a las doctoras y doctores que nos curan, ni a las maestras que nos educan. Les exigimos que dejen de tirar bombas en las escuelas y bibliotecas para demostrar que son muy poderosos. Ya sabemos que eligen hacer el mal, pero no queremos que lo hagan más. Aunque lo supongan, no podrán destruir nuestra cultura bombardeando espacios llenos de libros.

A las niñas y niños que están solitos o se han quedado huérfanos en la guerra les decimos que siempre tendrán amigos en nosotros, que, si necesitan ropa, juguetes o cuadernos para escribir, cuenten con nosotros. Sabemos que están muy tristes, pero no deben olvidar que hay mucha gente buena en el mundo que quiere ayudar a que la paz perdure y a que estemos mejor, para vivir sin miedo, sin pesadillas y sin resentimiento.

Firmamos:

Sofía, Andréi, Cora
y tres mil niñas y niños más

До світових лідерів,

Ми, діти, хочемо вимагати, щоб ви припинили дозволяти тиранам вторгатися в наші країни. Припиніть продавати зброю військовим злочинцям. Ви торгуєте нашими життями, а все, чого ми хочемо - це жити в мирі та не давати нашим сім'ям гинути. Ми пишемо цього листа в той час, коли бомби падають на наші школи та лікарні, а ми голодні та замерзаємо.

Ми вже зрозуміли, що ви думаєте лише про те, як заробити багато грошей і отримати владу, і саме тому ви посилаєте танки, ракети і зброю солдатам-загарбникам. Ми знаємо, що це брехня, що завдяки війні ми могли б мати кращий уряд, ми вже зрозуміли, що це відмовка, тому що ви тільки хочете вкрасти землю і все хороше, що ми виробляємо в нашій країні, або вторгнутися до нас проти нашої волі. Хіба ваші батьки не вчили вас поважати життя?

Ми, діти, втомилися від того, що ви настільки жорстокі, що хочете нав'язати свою волю, вбиваючи багатьох людей. Війни - це погано, вони завдають багато болю і змушують дітей та їхніх матерів страждати. Ми голодуємо і мерзнемо, втрачаємо домівки і дуже боїмося. Через війну також страждають собаки і коти, які є частиною нашої родини.

Війна робить нас сумними, тому що наші батьки не повертаються, коли йдуть на фронт. Ви повинні заборонити війни, щоб більше не було насильства. Ми втомилися від того, що ви не хочете слухати голос дітей.

Ви повинні зупинити війни і дати нам можливість жити в мирі. Навчіться вирішувати світові проблеми без насильства, без вторгнень, без колонізації.

З повагою
Андрій, Софія
та їхні двісті друзів

Desde mi primer viaje a Ucrania, tras la invasión rusa, comencé a recabar mensajes de niñas y niños. Les pregunté qué les gustaría decirles a los líderes mundiales que permiten las guerras. Una vez escrito el libro, contacté a niñas y niños ucranianos exiliados en España. Leyeron la historia y les pedí que escribieran una carta que les gustaría que leyesen los políticos que quedan impasibles ante la invasión. Me dijeron que desearían que ese texto también sirviera para denunciar la masacre y genocidio en Palestina. Así que aquí está la carta colectiva, como un grito de libertad de y para la niñez que sufre el dolor de las guerras en el mundo.

Lydia Cacho

A mediados de octubre de 2022, ocho meses después de iniciados los ataques rusos, volé a Varsovia. En el aeropuerto, un chofer de Ucrania nos esperaba a una colega reportera y a mí. Salimos a las 9:40 de la noche y, durante nueve horas bajo el manto de una noche silenciosa, el coche cruzó la frontera hasta llegar a la ciudad de Lviv, donde unas horas después nos encontramos con colegas ucranianas en el sótano de la Universidad.

En esa ocasión me reencontré con mi querida amiga Victoria Amelina, escritora y activista feminista ucraniana a quien conocí en un viaje a Europa del Este en 2009 mientras investigaba sobre trata de mujeres y niñas para mi libro *Esclavas del poder*. Victoria me presentó a la joven escritora, activista y promotora literaria Sofía Cheliak. Las tres hablamos sobre todos los temas que debíamos reportar en América Latina respecto a la reciente invasión bélica de Ucrania por parte del gobierno ruso. Para mí era claro que había dos temas fundamentales: la niñez y las mujeres.

Me interesaba, les dije a las dos valientes ucranianas, escuchar las voces de niñas y niños, entender cómo viven y cómo narran la guerra desde la inocencia interrumpida por misiles, muerte y desplazamiento forzado. Por otro lado, deseaba seguir explorando el tema de mi especialidad: cómo los mafiosos ucranianos y rusos seguían trabajando mano a mano, aprovechando el caos para enriquecerse con el negocio de la trata de mujeres y niñas.

La segunda vez que estuve en Ucrania llegué sola. En esa ocasión viajé al noreste, a Kiev y sus alrededores. Quería entrevistar a mujeres, niñas y niños pequeños. Al verlos resguardados en una estación de metro convertida en búnker, me sentí azorada. No había más que dignidad y fuerza en sus palabras, entendían las injusticias y no callaban absolutamente nada. Buena parte del relato de estas niñas y niños parecía sacado de un videojuego; mezclaban realidad y ficción para soportar lo insoportable.

Estoy consciente de lo difícil e importante que es hacer pedagogía de la paz, de lo necesitadas que están las infancias de entender y procesar la información sobre la guerra que, quiéranlo o no, les llega todos los días a sus teléfonos celulares. Así que un mes después me di a la tarea de buscar la manera de honrar esas voces e historias.

Soy periodista de investigación y esta vez debía entregarme a la magia de la ficción literaria para contar un cuento que explicara algunos de los aspectos más importantes de esta guerra. En mis primeros intentos, los temas de geopolítica se metían en la narrativa creando un caos inservible, hasta que un día, hablando con mi agente literaria, ella me pidió que confiara en mi instinto, que siguiera los pasos de esos fragmentos narrados por las niñas y niños y les diera un giro de fantasía.

Para unir la realidad y el pensamiento mágico de la niñez, el único camino que se puede tomar como escritora es cerrar los ojos y permitir que sea la niña interior la que cuente la historia y así sucedió.

Todas las guerras son injustas, dejan tras de sí devastación, desamparo, pobreza y destierro. La niñez es siempre la víctima más afectada, como lo hemos visto en días recientes y con nitidez en Palestina o como lo vimos antes en Siria, Sudán, el Congo, Afganistán e Irak, por nombrar algunos países que aniquilan a niñas y niños para destruir a una nación o a un grupo étnico.

Rara vez ponemos el foco en la narrativa de esas niñas y niños porque son siempre las víctimas miradas por la lente, descritas por la palabra adulta. Lo cierto es que ellas y ellos necesitan contar su versión –sin importar cuánta fantasía haya de por medio– y ser protagonistas de la historia.

Aplicar técnicas psicopedagógicas durante estos últimos 20 años para atender a la niñez víctima de violencia y para que sus voces se escuchen como merecen me ha permitido crecer como mujer y, sobre todo, me ha ayudado a sobrevivir el dolor propio y ajeno recordando que la niña que yo fui pedía siempre información, quería entender lo que sucedía, quería conocer la verdad, necesitaba ser vista por las personas adultas. Me negaba a ser silenciada o desacreditada por el hecho de ser menor de edad; ser educada entre el amor y la verdad me convirtió en una niña fuerte, resiliente y valiente.

Este libro está escrito para reivindicar la voz de la niñez que quiere entender el caos y las razones de las guerras. Es un libro escrito entre el sonido de los misiles, las explosiones, las noches de grillos y el suave viento que advierte un día más de tanques y soldados. Es también un libro escrito bajo una canción de paz cantada por un joven con una guitarra a media calle, de las risas de niñas recostadas en camas improvisadas en una estación de metro para resguardarse de los misiles y las balas, de un soldado triste y cansado que me ofreció un café en una mañana fría.

Mientras escribía este cuento hablé con Victoria Amelina, quien, entre otros libros, publicó hace años un cuento infantil. Me dijo que era la mejor idea del mundo que escribiese este relato, que seguramente muchas personas adultas también lo leerían y comprenderían más de una fantasía literaria que del caos mediático. Le comenté que quería nombrar a una de las protagonistas como ella y me dijo, en tono de broma, que la tendrían que dibujar dulce y bella como un hada, porque su hijo siempre le dice que ella es como un hada mágica y luminosa.

Unas semanas después de nuestra última conversación, un misil ruso dirigido mató a Victoria Amelina mientras viajaba para documentar los crímenes de guerra y dar entrevistas a un grupo de activistas. Este libro es un homenaje a ella, a Sofía, a todas esas mujeres médicas, enfermeras, escritoras y periodistas que diariamente soportan lo inenarrable para salvar personas, contar la verdad y poner fin a la guerra.

Es también un homenaje a esas niñas y niños bajo el asedio belicista que sueñan que un día no muy lejano dejarán de caer misiles y podrán volver a una vida de paz y tranquilidad al lado de sus seres queridos.

Lydia Cacho